Jackie Niebisch

Die Schule der kleinen Vampire

Der falsche Vampir

cbj

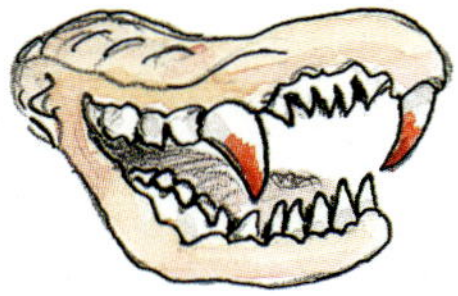

Vampirisches Chaos

Welche verzwickten und verzahnten Folgen es haben kann,

- wenn ein Vampirlehrer heiß verliebt ist,
- seine Schüler den gruseligsten Horror-Schneemann aller Zeiten bauen wollen,
- ein seit Jahren verspotteter Professor unbedingt oberster Vampirjäger der Stadt werden will ...

... davon handelt diese Geschichte. Sie geschah vor gar nicht langer Zeit in unserer kleinen Vampirschule.

Alles fing, wie so oft im Leben, beim Zahnarzt an.

Artschibald Oxford, Klassenlehrer des Dracula-Gedächtnis-Gymnasiums, hat sich einen Termin geben lassen, weil er dringend neue Zähne braucht. Nicht nur weil seine alten zu bröcklig geworden sind, sondern weil heute Nacht die schönste Verabredung seiner bisherigen Gruftjahre auf ihn wartet: ein Rendezvous mit der Dame seines Herzens!

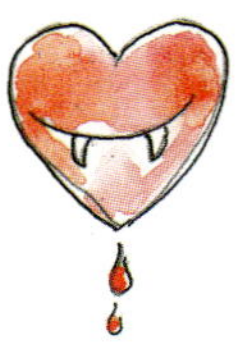

Wo kommen die Vampirbabys her?

Deshalb erschien Oxford auch so fröhlich zum Unterricht. Er war so gut gelaunt, dass er sich nicht mal über den Lärm seiner herumtobenden Schüler beschwerte.
Statt Eintragungen ins Klassenbuch gab's nur freundliche Ermahnungen. Zum Beispiel als Krümel wieder zu spät kam, weil angeblich sein Sargdeckel klemmte. Oder als Fletscher sich mit wildem Gebrüll auf Zähnchen stürzte, Zähnchen vom Stuhl flog und sich die Brille verbog.

Auch die Spinnen, die Gruftine immer unter seinem Pult versteckt, brachten ihn nicht aus der Fassung. Genauso wenig Tintos Papierflugzeuge und die spitzen Fledermauskrallen auf seinem Stuhl.
»Was ist los mit ihm?«, wundert sich Olli.
»Gut drauf, der Pauker!«, meint Krümel.
Er war so gut drauf, dass er sogar den Stundenplan änderte.
Alle hatten schon die Mathehefte draußen und sich auf anstrengende Fragen eingestellt wie zum Beispiel: **30 Grabsteine wiegen 1 Tonne, wie viel wiegt ein ganzer Friedhof?**
Aber statt trockener Mathematik machte Oxford was gaaaanz anderes.
»Hört mal, Kinder«, fragte er verschmitzt, »wisst ihr eigentlich, wo die kleinen Vampirbabys herkommen?«
»Na klar!«, schreit Gruftine. »Die bringt die Fledermaus!«
Die ganze Klasse kichert sich einen ab.
»Vorher aber noch 'ne Bestellung aufgeben«, grinst Fletscher.
»Und nicht den Absender vergessen!«
Zähnchen blickt noch nicht ganz durch: »Wollt ihr mich veräppeln?«
Tinto versucht, ihm Nachhilfe zu geben: »Bevor die Fledermaus kommt, muss man halt was ganz Bestimmtes machen!«
»Was denn?«
»Weiß doch jeder!«
»Na was denn?«
»Kräftig knutschen, und dann zusamm' in' Sarg!«
Zähnchen guckt erstaunt an die Decke, wo ein paar Fledermäuse hängen. »Fledermäuse abknutschen?«
Die ganze Klasse brüllt vor Lachen. Was Zähnchen gar nicht komisch findet.
Er würde sowieso gerne wissen, warum ausgerechnet dieses Thema heute drankommt. Obwohl der Grund nicht schwer zu erraten ist. Jedenfalls nicht für Gruftine.

»Er ist verliebt!« Flüster, flüster ...
»Oxi ist verliebt?«
Aufgeregtes Gemurmel in der Klasse. »Woher wisst ihr das?«
»Wer traut sich zu fragen?« Gruftine!
»Ist es wahr, dass Sie verliebt sind?«
Artschibald Oxford sah verträumt zur Decke und schmunzelte zweideutig, was eindeutig so viel wie »Ja« hieß ...

Vampirisch, ledig, pädagogisch ...

Seit Jahren schon hatte Oxford an jedem Wochenende im Transsilvanischen Nachtblatt verschiedene Heiratsanzeigen aufgegeben: »Netter Vamp sucht nette Sie« oder »Plätzchen frei in meiner Gruft« usw. Aber bis jetzt hat es nie geklappt. Wahrscheinlich waren die Anzeigen nicht fetzig genug gewesen, um irgendeine Vampirin hinterm Grabstein hervorzulocken. Deshalb hat er auf Ratschlag seines Schuldirektors den Text ein bisschen knackiger formuliert:

Wilder Tiger, scharf und krallig, 150 Jahre jung, sucht auf diesem Wege eine aufregende, blutrünstige Sie, mit der er in Zukunft gemeinsam zubeißen kann! Kennwort: »Biss bald«

Und tatsächlich! Nach Jahren vergeblicher Mühe hat er nun endlich Antwort bekommen. Von einer heiratswilligen Vampirdame namens Viktoria von Zitzewitz! Die schöne Viktoria hatte nicht lange gefackelt und die Einladung in seine Gruft sofort angenommen. Immerhin ist sie auch schon 225 Jährchen alt, Schaltjahre nicht mitgezählt. Ihre Lieblingsbeschäftigungen sind: Flamenco tanzen, alte Stühle beziehen und nach England reisen.
Im Moment begeistert sie sich gerade für einen Englischkurs an der Volkshochschule.
Auf rosarotem Papier und mit blutroter Schrift schrieb sie ihrem noch unbekannten Dear Artschibald, dass sie seine Anzeige very wonderful findet, so leidenschaftlich und mit so viel Biss, und dass sie es kaum erwarten könne, den wilden Tiger heute Nacht beim Candlelight Dinner kennen zu lernen!

Bloody Mary

Während Oxford freudig zum Zahnarzt eilt, bleiben die Schüler zu Hause in der Gruft und helfen, sein nächtliches Rendezvous im Gästezimmer vorzubereiten. Ist laut Schulordnung eigentlich untersagt, Vazubis für Privatzwecke der Lehrer einzusetzen. Aber in diesem Falle, wo doch alle sein Liebesleben fördern wollen, kann man ja schlecht Nein sagen. Außerdem gibt es für »freiwillige« Einsätze immer einen kleinen Pluspunkt im Zensurenbuch.
Was besonders Zähnchen anspornt. Er spielt Meister Propper persönlich, fegt die Gänge rauf und runter, wischt den Staub von den Stühlen und wäscht das ganze alte Schlossgeschirr ab.
Krümel kümmert sich um die richtige Beleuchtung. Nicht zu hell, sondern schön schummrig. Wie auf einer Kuschelparty.
Und Olli führt die Werwölfe Gassi. Damit zu liebesflüsternder Stunde der Flirt nicht etwa durch Gejaule gestört wird.

Gruftine hat sich etwas ganz Besonderes ausgedacht: Sie braut den berüchtigten Liebestrank **Bloody Mary**. Das Rezept hat sie aus dem »Kochbuch für Verliebte«, seit Jahrhunderten auf der Bestsellerliste:
1 Esslöffel Wasser, 5 Esslöffel Blut, 50 g gehackte Kreuzspinnen, 1/2 Rattenschwanz, viel frischer Pfeffer, 1 gute Prise Salz und darüber 1 Schuss Rotwein.
»Ein Schluck davon, und die sind voll scharf.«

Beim Zahnarzt

Mit weit aufgesperrtem Kiefer sitzt Oxford auf dem Drehstuhl, um sein lang ersehntes Traumgebiss zu empfangen. Hat ihn zwar seine ganzen Ersparnisse gekostet, aber dafür ist es keins von der Stange, sondern, wie Dr. Schmirgel es ausdrückt, der Ferrari unter den Zähnen. Eindeutig das schärfste Gebiss auf dem ganzen transsilvanischen Markt.

»Von der Technik her eindeutig ausgereifter als sein Vorgänger!« Dr. Schmirgel lässt die Gaumenplatten aufeinander klacken. »Klingt das nicht gut? Mit zweifach verstellbarem Schneidezahn und oben liegender Bisswelle.«

Oxford kommt aus dem Staunen gar nicht mehr heraus.

»... und wenn man an den Eckzähnen kräftig genug zieht, dann werden sie sogar noch länger! Glauben Sie mir, viele Frauen können diesem Anblick nicht lange widerstehen!«

Oxford ist oberhappy und kann noch gar nicht richtig glauben, dass dieses wunderbare Modell jetzt zwischen seinen Kiefern ein festes Zuhause finden soll!

Trotzdem hat er noch etwas auf dem Herzen. Eine klitzekleine Bitte.

»Könnten Sie mir nicht noch die Spitzen rot lackieren?«

»Aber selbstverständlich!«

Gesagt, getan.

Hier ein blutroter Tupfer, dort ein blutroter Tupfer – und das Gebiss ist einfach perfekt! Lächelt jetzt wie von selbst! Freundlich, blutrünstig und voller Tatendrang.

Dr. Schmirgel riet ihm noch, vor dem ersten Beißen unbedingt die Farbe trocknen zu lassen: Am besten in ein Glas legen, Fenster weit auf und frische Waldluft ran!

Dieser Rat kommt unserem verliebten Oxford sehr gelegen. Will er doch sowieso noch ein kleines Nickerchen einlegen, um heute Nacht erholt und ausgeruht zu sein.
»Ach, fast hätte ich's vergessen!«, ruft er, schon fast aus der Tür. »Mein altes Gebiss! Könnten Sie's mir nicht einpacken? Würd's gern mitnehmen, als Ersatz sozusagen.«
»Aber lieber Meister! Wissen Sie denn nicht – alte Zähne bringen Unglück. Die schmeißt man in hohem Bogen ganz weit weg!«
»Wenn Sie meinen«, schmunzelt Oxford, nimmt sein altes Klapperteil und wirft es in hohem Bogen ins Tal hinunter, platsch, mitten in den Fluss.

Polidori, arbeitslos

In der gleichen Nacht, in der unser glücklicher Vampirpädagoge seiner Gruft entgegeneilte, grübelte ein arbeitsloser Professor in einem unbeheizten Zimmer über sein trauriges Schicksal.
Er fror, weil er kein Geld zum Heizen hatte. Und er hatte kein Geld, weil er im falschen Jahrhundert lebte! Eindeutig. Weil niemand mehr an Vampire glaubt, niemand zu seinen Vorträgen kommt und kein Schwein seine Bücher kauft. Und vor allem weil ihn niemand anruft, um ihm endlich eine Stelle als Vampirbeauftragter anzubieten.
WAS ER ABER LÄNGST VERDIENT HÄTTE! Er, der Tag und Nacht damit zugebracht hat, vor der Vampirgefahr zu warnen. Er, der unermüdlich Methoden zur Rettung der Menschheit erforschte, aber nur fieses Gelächter erntete. Selbst der Bürgermeister, dieser aufgeblasene Ignorant mit seiner Etepetete-Frau, zeigte ihm den Vogel und nannte ihn einen Spinner!

Oder neulich: Da hatte er gerade sein 5 Kilo schweres Buch »Die drohende Gefahr« fertig geschrieben und dem Gemeinderat angeboten. Was passierte? Abgelehnt! Nicht mal ins Rathaus gelassen hatten sie ihn!
Abgewimmelt vom Pförtner!
DABEI HÄTTE ER EIN DENKMAL VERDIENT! Oder eine Straße, die nach ihm benannt wird! Oder zumindest 'ne kleine Gasse!
Stattdessen saß er da in der Kälte und kaute hungrig auf Tomaten, die er eigentlich zu Übungszwecken gekauft hatte. Um zu trainieren, wie man vorschriftsmäßig einem Blutsauger das Herz durchbohrt. Holzpflock in die Hand, weit ausholen und: Pflatsch, Matsch!, mitten hinein in das holländische Gemüse.
Was kann ich nur tun, damit mich diese dumme, eingebildete Stadt endlich ernst nimmt?
Er legte sich in seinen Sarg und dachte angestrengt nach. Er dachte und grübelte und grübelte und dachte, bis ein kleines, gemeines Grinsen verriet, dass er auf eine höchst interessante Idee gestoßen war.

Schneemann bauen

Vampire haben's da besser als Professoren. Brauchen nicht darüber nachzudenken, ob es sie gibt oder nicht. Brauchen sich nur auf den Zahn zu fühlen – und schon wissen sie: Wir existieren.
So sicher wie der frische Schnee, der gerade fällt. Schöner, dicker Pappschnee für schöne, dicke Schneemänner ...
»Kommt, Kinder«, schreit Fletscher. »Wir bauen einen Schneemann!«
Eine super Idee!
Allerdings soll es kein gewöhnlicher sein.
Fletscher will nicht irgendeinen Nachttopfheini oder so 'n harmloses Kohlenmännchen. Nein, ein gruseliger Horrorschneemann soll es werden. Der gruseligste aller Zeiten!
»Mit dem man einen Menschen zu Tode erschrecken kann! Haha ...«
»Wir bauen ihn direkt hier am Weg«, ruft Gruftine. »Vielleicht kommt ja gleich einer vorbei.«

Sie rollten und pappten eine Schneekugel nach der anderen, bis sie schließlich ein ziemlich großes Schneeungetüm zusammenhatten. Dazu die passende Nase, dunkle, unheimliche Augen und zwei messerscharfe Zähne.
Und als Oberschock und In-den-Wahnsinn-Treiber ein paar grausam ausgestreckte Todeskrallen!
»Ein echter Horror«, staunt Gruftine.
»Das haut alle um!«
»Das lässt jedes Opfer auf der Stelle vor Angst erstarren.
Wir brauchen nur noch an die Halsschlagader zu hüpfen und das Blut auszusaugen!«
»Schlürf!«
Fletscher grölt vor Freude.
»Jetzt müssen wir nur noch probieren, ob's funktioniert!«

Zähnchen testet den Horrorschneemann

»He, Zähnchen, kannst du mal herkommen? Nur ma' kurz unsern Schneemann antesten!«

Zähnchen fragt vorsichtig, was genau er denn da machen solle.

»Einfach die Augen zu. Dann wieder auf. Und anschließend vor Schreck in Ohnmacht fallen!«

O.k. Zähnchen schließt die Augen, macht zehn Schritte vorwärts, zählt bis drei und macht sie wieder auf. Doch als er den Horrorschneemann sieht, der ihm gegenübersteht, Aug in Aug, da fällt er auf der Stelle – kein bisschen um.

Nanu?

»Du bist ja gar nicht erschrocken?«, wundern sich die andern.

»Überhaupt nicht bleich im Gesicht!«

»Jagen dir die stechenden Augen keine Angst ein?«

Zähnchen schüttelt den Kopf: »Ihr meint den Koks? Nö ...«

»Und die feuerrote Nase?«
»Wegen 'ner Mohrrübe werd ich doch nicht ohnmächtig!«
»Und was ist mit den ausgestreckten Killerkrallen?«
»Ihr meint die Besenstiele? Nich' schlecht. Aber irgendwie fehlt was. Irgend'n echter Schockeffekt ...«
»Wir können ja 'n doppelt so großen bauen!«, schlägt Krümel vor.
»Ja!«, ruft Tinto. »Einen Riesenhorrorschneemann!«
»Das ist es nicht. Im Gesicht fehlt was.«
Olli guckt Zähnchen schief von der Seite an.
»'ne Brille vielleicht?«
»Quatsch! Was typisch Vampirisches!«
»Ich hab's!«, ruft Gruftine. »Die Zähne!«
»Genau! Richtige Zähne. Nicht solche ausgeleierten Zahnbürsten!«
»Wir brauchen echte gute Beißer!«
»Aber wo soll'n wir die hernehmen? Wo findet man so was?«
Fletscher überlegt. Hm, hm ... Und dann schaut er plötzlich zu einem bestimmten offen stehenden Fenster hinüber, aus dem vertrautes Schnarchen dringt. Und grinst ganz cool. Hähä ...
So richtig voll modern und obercool!
Da wussten auch die anderen, was er meinte ...

Angeln verboten

Sie schlichen alle zum Fenster der Lehrergruft, wo Oxford sein geräuschvolles Nickerchen abhielt. Und sicher gerade von Vicki träumte. Er hatte sein neues Schmuckstück zum Trocknen extra auf das Tagschränkchen gelegt und, wie von Dr. Schmirgel empfohlen, das Fenster weit aufgesperrt.
Und, da er das Nützliche mit dem Angenehmen verbinden wollte, sich gleichzeitig diesen kleinen Erholungsschlaf gegönnt. So ein Kennenlernabend bei Kerzenschein kann nämlich sehr kräfteraubend sein. Fredericke, Ollis 255-jährige Vampirtante, hatte erzählt, dass heiratswillige Vampirinnen immer viel aus dem Leben ihrer künftigen Ehevamps wissen wollen.

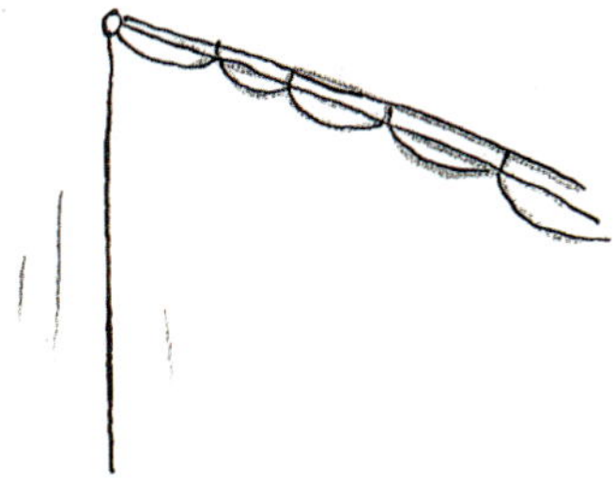

Und da er, Artschibald Oxford, auch schon 150 Jahre drauf hatte, gab es sicher eine Menge Gesprächsstoff zu bewältigen.
Nach dem Motto: **Selig sind die schlafenden Lehrer, denn sie wissen nicht, was ihre Schüler tun**, lag er dort und schnorchelte friedlich vor sich hin.
Er schlief und schlief, während sich durch das Fenster ganz heimlich, still und leise eine lange Angel streckte.
Immer weiter und weiter, in die Gruft hinein. Noch ein Stückchen vor, ein kleines Stück zurück, etwas zur Seite, Vorsicht, nicht an die Nase kommen!, und dann, schwuppdiwupp, hatten sechs kleine Zähne-Angler ein nagelneues Gebiss am Haken. Um ihrem harmlosen Schneemann endlich den richtigen Schockeffekt verpassen zu können.

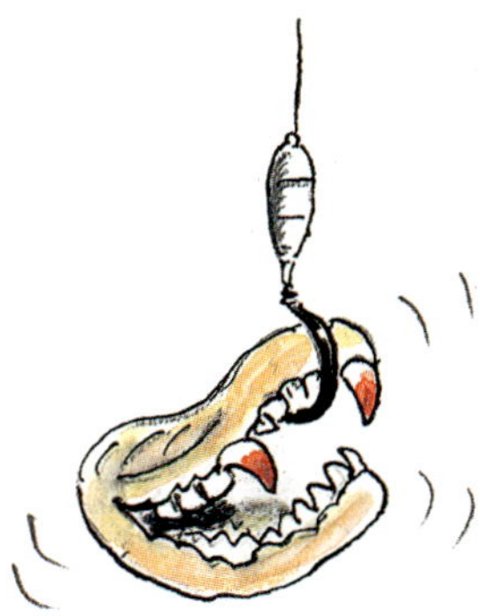

»Wo schind meine Schähne?«

Wenn aber jemand in dieser Nacht erst einmal geschockt war, dann Artschibald Oxford, als er seine Zähne suchte und ins Leere griff!

»Huch!«

Er traute seinen Augen nicht. Griff einmal, zweimal. Nichts. Guckte ins leere Glas, unter den Tisch, unter den Sarg. Im Nachttopf, in jede Ecke, hinter jedes Spinnengewebe.

»Wo schind meine Schähne?«, rief er mit flatterndem Mund.

Seine Stimme klang auf einmal so anders. Und seine Lippen schlabberten wie zu große Hosen.

»Wie können Schähne verschwinden?«

Nachdem er nochmals unter dem Tisch, unterm Sarg, im Nachttopf, in jede Ecke, hinter jedes Spinnengewebe geguckt hat, kommt ihm ein leiser Verdacht. Ein Verdacht, der immer dringender wird. Ein Klassenstreich-Verdacht!

Er ruft alle Schüler zusammen und zeigt auf seine eingefallenen Kiefer: »Wer war dasch?«

Schweigen.
Das heißt, nicht ganz. Hier und da ein unterdrücktes Kichern über die neue Aussprache.
»Wer isch dasch geweschen?«
Noch größeres Schweigen. Doch dann ganz plötzlich ...
»Scheid mal schtill!«
... ist von draußen ein Knacken und Knistern zu hören, ein Stapfen und Huschen. Oxford spitzt die Ohren. Ein höchst verdächtiges Knistern! Ein Täterknistern! Er kennt das von seinen Schülern. Ein typisches Schlechtes-Gewissen-Geräusch, das entsteht, wenn jemand unerlaubterweise draußen um die Ruine schleicht!
»Pscht!«, macht Oxford, hebt den Zeigefinger und lehnt sich weit zum Fenster hinaus.
»Isch da jemand? Hallo!«
Keine Antwort.
»Isch da jemand?«, ruft er nochmals.
Da erblickt er plötzlich im Mondlicht eine unbekannte Gestalt!
»Haaalt! Schie da! Schtehen bleiben! Oder isch beische!«
Und mit der ganzen Autorität seines Lehramtes fordert er die verdächtige Figur auf, sich nicht von der Stelle zu rühren.
Aber die fremde Gestalt hat gar nicht die Absicht wegzulaufen! Im Gegenteil, sie bleibt wie angewurzelt stehen.
»Wasch haben Schie hier schu schuchen?«
Die Gestalt hat keine Lust zu antworten, sondern schaut nur grimmig in die Gegend.
»Nanu? Wasch isch denn dasch???«
Jetzt erst hat Oxford erkannt, dass er zu einem Schneemann gesprochen hat! Und natürlich will er sofort wissen, wer den gebaut hat.
»Wir«, meldet sich schlagartig die ganze Klasse. Am schlagartigsten Fletscher.

»Und wo habt ihr den Koksch her?«
»Äh, aus 'm Keller«, sagt Krümel.
»Scho scho, und die grosche Mohrrübe?«
»Aus der Gemüsegruft!«
»Und die Schähne??? Die schehn scho escht ausch! Mit dem Blut, scho gruschelig! Ja Blitsch und Donner, dasch schind ja **meine** Schähne!!!«
Hat ziemlich gedauert, bis bei ihm der Groschen gefallen ist ...
»Meine neuen Schähne!!«
Vor Erleichterung fällt ihm ein ganzer Stoß Holzpflöcke vom Herzen.
»Dracula schei Dank!«

Doch gleich darauf verfinstert sich seine Miene wieder. Auf der Stelle will er wissen, wer ihm diesen gemeinen Streich gespielt hat. Keiner.

»Wenn schich der Übeltäter nisch meldet, werdet ihr die gansche Nacht Schärge schrubben ... nun, wer warsch? Immer noch keiner? Isch habe Scheit! Isch warte ... Na schön! Dann werdet ihr alle schuschäschtlisch noch einen dreischeitigen Aufschatsch schreiben über Schinn und Schweck des Schahnerschatsch! Aber schuerscht lauft ihr runter und bringt mir mein Gebisch schurück!«

Ach, hätte er nicht so lange gemeckert und einen auf pädagogisch gemacht, dann wäre nicht so viel Zeit verstrichen und die ganze Geschichte vielleicht anders verlaufen ...

Geklaut!

... denn als die Kids endlich bei ihrem Schneemann ankamen, um die Zähne zurückzuholen – da waren sie verschwunden!

Sie hatten schon von weitem gesehen, dass irgendwas nicht stimmte. Der Schneemann sah irgendwie gealtert aus. Gar nicht mehr wie ein Gruselmonster, mehr wie ein Rentner auf Kaffeefahrt.

»Müssen voll gemopst sein!«

»Aber wer klaut 'n Zähne, Mann?«

»Mitten in der Nacht!«

»Vielleicht 'n Gebisssammler«, meint Tinto.

»Oder 'n zahnloser Räuber!«, brummelt Gruftine.

»Jedenfalls«, stellt Zähnchen fest, »eine Person, die diese großen Spuren hier hinterlassen hat. Schuhgröße 44, und ein merkwürdiges kleines Kreuz im Profil!«

Oxford kann es nicht glauben.
»Gemopscht? Meine Schähne? Dasch geht doch nisch ... erscht wieder da, jetsch wieder weg! Dasch ischa schweimal geschtohlen!«
Ach, hätte er doch wenigstens die alten behalten!
»Die Mohrrübe war noch dran«, ruft Krümel.
»Und der Nachttopf.«
»Ihr werdet jetsch schofort wieder runtergehn und scholange schuchen, bisch ihr schie gefunden habt! Im Schnee, im ganschen Wald! Und wehe, ihr findet schie nisch, dann bekommt jeder von eusch dreischisch Nächte Schargarrescht! Und schwar bei geschloschenem Deckel!«

Letzte Rettung Werwolfsfell

Artschibald Oxford war total geknickt. Denn ohne Zähne sicher keine Viktoria – und ohne Viktoria keine kleinen Vampirbabys. Er sah sich schon als vertrockneten alten Lehrkörper enden, der am Wochenende einsam über die Friedhöfe streift ... aber halt! Vielleicht könnte er sich ja, warum eigentlich nicht, ein paar Zähne ausleihen?
Nur vorübergehend!
Von Fredericke zum Beispiel. Oder von Ernie. Nur für eine Nacht!
Das wär doch was?
Er bittet Seine Exzellenz, Schuldirektor Graf Lester, um die Einberufung einer kleinen nächtlichen Sonderkonferenz.

Nachdem er allen von dem »Klaschenschtreisch und scheinen Folgen« erzählt hat, bricht unter allen Teilnehmern erst einmal Empörung aus. Höchste Strafen werden angedroht und vom gräulichsten Geheule der Werwölfe begleitet. Von Sitzenbleiben ist die Rede, von Schulverweis und sogar von Strafversetzungen der Schüler an eine Gruft für schwer erziehbare Vampire.
Zwar wird daran erinnert, dass man in der eigenen Jugend auch so manchen Schabernack getrieben hätte, etwa getrocknete Fledermäuse in die Lehrermappe gesteckt oder Sargdeckel angesägt hat, aber solch ein artschädigendes Verhalten wie Gebissnapping – das sei neu.
Nachdem sich die Aufregung gelegt hat, kommt Oxford, schon ganz ungeduldig geworden, zur Sache.
Er erklärt, in welch großer Verlegenheit er sei und deshalb seine Blutsbrüder und -schwestern um einen kleinen Gefallen bitten müsse.
»Kann mir jemand von eusch scheine Schähne leihen?«
»Die Zähne verleihen?«
»Von uns Zähne leihen?«
»Lieber Artschi, Geld und Zähne verleihen bringt nur Ärger!«
»Nur für diesche Nacht. Esch ischt äuscherscht wischtich!«
Oxford verspricht hoch und heilig, sie pünktlich vor Sonnenaufgang, geputzt und geschmirgelt, wieder zurückzugeben.
»Äh ... also ich brauche meine Zähne selber«, entschuldigt sich der Graf. »Ich muss heute Nacht noch dringend auf eine Blutsauger-Konferenz – international, versteht sich.«
Auch Fredericke kann nicht.
»Äh ... also ich muss heute Nacht dringend zur Wahl der **Miss Friedhof**.«
Und was ist mit Ernie?
»Äh ... also ... ich begleite sie.«

Der Einzige, der sich anbot, dem zahnlosen Oxford aus der Patsche zu helfen, war Sargwächter Nestor. Er hatte eine hilfsbereite Vampir-Seele, aber leider so schiefe und krumme Beißwerkzeuge, dass selbst der arme Oxford ablehnen musste.
Zum Glück hatte der Graf den rettenden Einfall. Er zeigte auf den Fußboden und schlug vor, Artschibald möge doch zum Rendezvous das dort liegende Werwolfsfell überziehen. Es sei vollständig erhalten. Zähne, Pfoten, Krallen, alles wäre noch dran und es würde ihm sicher ausgezeichnet stehen.

»Dasch Werwolfschfell?«
Oxford warf einen zweifelnden Blick auf das ausgestreckt daliegende Teil.
»Schie meinen, isch scholl alscho einen Schargvorleger überschiehen ...?«
»Nun, mein lieber Artschibald«, sprach der Graf, »dieses berühmte Fell hat nicht nur vielen Vampiren zur stolzen Zierde gereicht, sondern auch mancher transsilvanischen Braut das Herz höher schlagen lassen!«
Auch Fredericke fand, dass es ganz sexy aussehe.
»Schegschi?«
Oxford holte ganz tief Luft, packte das Fell und zog sich zum Umziehen in die Lehrergruft zurück.

Im Monsterwald

Draußen im Walde folgten unterdessen Fletscher, Krümel, Olli, Zähnchen, Tinto und Gruftine der im Schnee gut zu erkennenden Klauspur des gemeinen Diebes. Sie ging über Berg und Tal, machte kleine Umwege und Schleifen und führte dann über einen zugefrorenen Bach mitten hinein in den Monsterwald.
Krümel, der immer noch seinen kleinen Spielzeugsarg hinter sich herzog, hatte plötzlich furchtbare Angst, dort hineinzugehen.
»Ich habe solche Angst«, fängt er an zu heulen.
»Vor was denn?«, will Gruftine wissen.
»Na, vor den Ungeheuern und den Monstern!«

»Deshalb brauchst du doch nicht zu weinen! Hast du denn vergessen, dass **wir** die Monster sind?«

Und dabei fletschte sie grimmig die Zähne. »Grrrrr!«

Auch Fletscher lässt seine Beißwerkzeuge kräftig knirschen.

»Hangn, hangn! Uuuh, uuuah!«

»Ach so«, fällt es Krümel plötzlich wieder ein, »ich bin ja auch ein Monster! »

»Na logo!«

Und auf einmal fand er den Wald richtig super!
»Hurra! Ich bin ein Moooonster!«
Es machte ihm gar nichts mehr aus, wenn die Fleisch fressenden Bäume ihn am Genick packten, ihn in die Luft hoben und wild hin und her schaukelten. Im Gegenteil. Er schrie laut: »Geil! Weitermachen, juhuuuu!« Und wenn die Gespenstertannen mit ihren Ästen laut zu stöhnen und ächzen begannen,rief er: »Haltet die Klappe!« Und wenn ein Baum dann extra laut knarrte, brüllte er: »Das kann ich auch!«, und stöhnte und huhute, dass sich die Füchse in ihren Löchern verkrochen.

Am liebsten wäre er zweimal durch diesen fetzigen Wald gegangen und hätte jeden Baum einzeln erschreckt. Doch die Pflicht rief. Und die hieß: immer weiter der mysteriösen Spur nach ...

Nachdem sie den Monsterwald hinter sich gelassen hatten, führte sie die Spur nur noch geradeaus, durch harmlose Wälder, über ein großes Feld, genau dorthin, wo die vielen Häuser stehen: mitten in die Stadt.
Durch kleine Straßen und verwinkelte Gassen folgten sie der Spur, die direkt zu einem Haus mit einem ungewöhnlichen Turm führte. Aber sie endete dort nicht, sondern setzte sich von da aus in einer geheimnisvollen Schleifspur fort! Was das wohl zu bedeuten hatte? Durch die ganze Altstadt zog sich diese Doppelspur. Vorbei an der Apotheke, am Café Neumann, an der Polizeiwache, der Kirche, dem Haus des Bürgermeisters und dann direkt auf den Marktplatz. Und was die kleinen Vampire dort zu sehen bekamen, war ein äußerst merkwürdiges Schauspiel.

Auf dem Marktplatz

Mitten auf dem Platz steht ein Sarg. Nicht auf dem Friedhof, wohin er eigentlich gehört, oder in einer Gruft. Nein! Ausgerechnet hier: auf dem Marktplatz! Um ihn herum in ehrfürchtigem Abstand eine neugierige Menschenmenge. Und die rätselt, was das wohl alles zu bedeuten habe ...

»Was macht der Sarg hier?«

»Mitten in der Nacht.«

»Was ist da drin?«

»Seht, da klebt ein Zettel!«

Hier ruht das Unheil, das über die Stadt kommt, das Böse, vor dem Polidori immer gewarnt hat. Wer ihn zu öffnen wagt, der kommt als Erster dran!

Wirklich gruselige Szene! Aufgeregtes Gemurmel unter den Leuten. Die entscheidende Frage, die alle beherrscht: aufmachen oder nicht?

»Lieber nicht!«

»Wer weiß, was da drinsteckt!«

»Vielleicht springt 'ne Leiche raus?«

»Unheimlich!«

»Riecht es nach Verwesung?«, will einer wissen.

Ein paar schnuppern dran.

»Normalerweise müsste es süßlich riechen.«

»Riecht nur nach Holz.«

»Hört man es atmen?«

»Psst, seid mal still!«

Ein ganz Mutiger legt mal vorsichtig das Ohr an den Deckel.

Oh Wunder und Schauder zugleich!
»Es atmet, ganz leise!«
Auch die andern Schaulustigen wollen sich jetzt selbst überzeugen und legen ihr Ohr an den Sarg.
»Tatsächlich!«
»Da drinnen lebt etwas!«
»Aber was?«
Sie klopfen vorsichtig auf den Deckel.
»Hallo, jemand da drinnen? Hallo!«
»Leben Sie noch?«
Als hätten sie die Ruhe eines grimmig schlafenden Ungeheuers gestört, beginnt sich der Deckel plötzlich zu bewegen. Hebt sich. Öffnet sich. Erst langsam, gespenstisch knarrend, und dann, mit einem ... Ruck! fliegt er zur Seite.
Die Menge weicht erbleichend zurück! Denn im selben Moment springt etwas Schauderhaftes heraus, ein unheimliches Wesen, mit emporgestreckten Krallen und blutroten Zähnen. Und stürzt sich mit wildem Geheule auf den nächstbesten Zuschauer. Packt ihn dämonisch beim Hals! Schüttelt und würgt ihn wollüstig! Fängt wie irre zu brüllen an: »Ich sauge dir das Blut aus! Ich sauge euch allen das Blut aus. Mütter und Kinder zuerst, hahaha ...!«
»Ein Geist!«, raunt es durch die entsetzte Menge.
»Quatsch mit Soße! Ihr Doofköppe! Ich bin kein Geist. Ich bin Draculas Rache! Ahuuuuu! Ich bin der Fürst der Finsternis! Der Vampir der Vampire!«
Mit lautem Geschmatze und Gegröle hetzt er der flüchtenden Menge hinterher und stürzt sich auf jeden, der nicht schnell genug ist.

»Ich hole euch! Euer letztes Stündlein hat geschlagen!
Her mit eurem Blut!
Bleibt stehen, ich krieg euch doch ...«
Und nachdem er alle in die Flucht geschlagen hat und die Gassen menschenleer vor Angst und Panik sind, schlägt er sich stolz auf die Brust, lacht laut und klettert triumphierend auf die Rathauskanzel.
»Jeder soll mich kennen lernen heute Nacht! Jeder soll wissen, dass es mich gibt! Aaaauuuh!«

Die kleinen Vampire, die diesem aufgedrehten Monster in sicherem Abstand gefolgt sind, bekommen vor Staunen den Mund nicht mehr zu.
»Gibt's ja gar nich'!«
»Professor Polidori!«
»Als Vampir!«
»Mit Oxfords Zähnen!«

Her mit eurerm Blut! Ahuuu!

Dieser Polidorivamp gab sich noch lange nicht zufrieden und veranstaltete einen Riesenaufstand. Im Gegensatz zu den echten Vampiren, die heimlich, still und leise ans Werk gehen, krakeelte und schrie er, was das Zeug hielt. Klingelte an allen Haustüren. Wenn jemand öffnete, verärgert über diese nächtliche Ruhestörung, grinste er nur breit: »Gestatten, ich bin der Vampir!« Sprang den Wehrlosen an, schnappte nach ihm und biss und kratzte wie ein wild gewordener Werwolf.

»Ahuahuahuh!«

Die liebe Oma Strauss zog er wild am Dutt. Ihrem kleinen Mops gab er einen fiesen Tritt.

Gemeinderat Kohlhammer warf er einen Totenschädel ins Schlafzimmer.

Pfarrer Meyer zerriss er den schönen Talar. Ritsch, ratsch! Und den Apotheker Bartl biss er einfach ins linke Bein!

Unsere kleinen Verfolger blieben diesem durchgedrehten Professor lieber in sicherem Abstand auf den Fersen. Irgendwann würde sich schon eine Gelegenheit ergeben, das geklaute Gebiss zurückzuholen.

»Am besten bei Tagesanbruch.«

»Kurz bevor die Sonne aufgeht.«

»Wenn er müde geworden ist!«

»Und fest schläft!«
»Dann angeln wir es wieder zurück!«
»Und jagen ihm noch einen Schrecken ein, den er sein Leben lang nicht vergisst!«
Aber bis dahin blieb ihnen nichts anderes übrig, als diesem Horrorauftritt erst mal tatenlos zuzusehen.

Beim Bürgermeister

Die Spur des Schreckens fand erst vor dem Haus des Bürgermeisters ihr vorläufiges Ende. Ein Ziel, für das sich dieser Vampir anscheinend seinen größten Auftritt aufgehoben hatte. Zuerst trommelte er mit beiden Fäusten ans Fenster, um anschließend wild an der Tür zu schellen.
»Klingelingeling! Ich komme! Bim, bam, bim! Aufmachen! Euer Unglück besucht euch!«

Und als daraufhin das Licht angeht und der Bürgermeister nebst verschlafener Gattin auf die Straße tritt, schwingt er sich auf einen Laternenpfahl, breitet seine selbst gebastelten Fledermausflügel aus und brüllt: »Rache für Dracula!« Dann stürzt er sich in die Tiefe, genau auf den verdutzten Bürgermeister! Reißt ihn zu Boden und tanzt wie Rumpelstilzchen zähnefletschend um ihn herum. »Ahuu, Ahuu! Graf Dracula schlägt zu!«

In diesem Moment beginnt Frau Bürgermeister zu kreischen:
»Hilfe! Die Vampire sind da!«
Sie schlägt die Hände vors Gesicht. »Der Professor hatte doch Recht. Ruf ihn an, schnell!«
Der Bürgermeister kann das alles nicht glauben.
»Das ist kein Vampir! Das ist ein Verrückter aus der Klapsmühle!«
»Aber siehst du denn seine Krallen nicht?«
»So ein Zeug kann sich jeder selbst ankleben!«
»Und seine blutroten Zähne!?«
»Sind sicher Scherzartikel aus der Faschingsabteilung.«
Als Draculas selbst ernannter Rächer dies hört, wird er zum Tier!
»Nicht echt?«, zischt er den Bürgermeister an. Na warte! Und packt sich auf der Stelle dessen Gattin, um ihr seine Zähne in den Hals zu stoßen. »Grraahngahhnga!«

Und als ob das noch nicht genug der grausigen Untat wäre, beugt er sich über die vom Schock Gelähmte und beginnt genüsslich, an ihren blutenden Adern zu schlürfen!
Schmatzt sogar frech dabei!
»Hm, lecker, ahh, wunderbare Sorte, frisch und eisenhaltig! Besser als Hohes B! Gluck, gluck! Viele bunte Blutkörperchen ...«

Jetzt muss auch der bleich gewordene Bürgermeister zu seinem Entsetzen erkennen, dass hier höhere Mächte im Spiele sind.
Er stottert etwas von Polizei und Krankenwagen, aber seine angesaugte Gattin will nichts davon wissen. Mit immer schwächer werdender Stimme ruft sie : »Hol Polidori! Professor Polidori! Ruf ihn an! Nur er kann uns retten, er allein.«
Dann fiel sie, wupp!, in Ohnmacht ...

Als unser rasender Vampir diesen Namen hörte, der wie eine Melodie in seinen Ohren klang, leuchteten seine Augen vor Freude. Und als er sah, wie der Bürgermeister zum Telefon eilte, um jenen berühmten Professor anzurufen, ließ er augenblicklich von seinem Opfer ab.
»Haha!«, brüllte er, schnappte sich seinen Sarg und beeilte sich, zerzaust wie er war, dorthin zu kommen, wo er jetzt dringend gebraucht wurde: nach Hause, an seinen Schreibtisch, wo sein geliebtes Telefon klingelte.

Polidori am Telefon

Er hievte seinen Sarg durch die Tür, flitzte die Treppe hinauf in sein Arbeitszimmer, sprang zum Schreibtisch, schwang sich auf den Sessel, holte noch einmal tief Luft, nahm den Hörer ab und meldete sich mit den Worten:
»Hier Graf ... äh Professor Draculori, ach was red ich, Polidraci, ich mein natürlich Polidorilori! Wer spricht dort? Oh, der Herr Bürgermeister. Welche Ehre! Was kann ich zu so später Stunde für Sie tun?«
Der Bürgermeister erzählte aufgeregt von den schrecklichen Vorgängen, dass nämlich ein wahnsinniger Vampir frei herumlaufen würde. Ein furchtbarer Vampir, der soeben seine Gattin gebissen und angesaugt hätte! Und dass er, Polidori, sofort zu Hilfe kommen müsse, um ihrer aller Leben zu retten.
Polidori ist höchst vergnügt.

»Schubidubidum, ein Vampir geht um? Ja trallala, was macht man da? Es gibt doch laut Ihrer werten Meinung gar keine, holadiho! Wie bitte? ... Warum ich so lustig bin? Ich bin halt ausgesprochen guter Laune heute, kann ja mal vorkommen.«
Der Bürgermeister bittet ihn, solche Scherze zu unterlassen.
Sie wären dem Ernst der Lage absolut nicht angemessen.

Tyrannus Saugus Ex

»Also gut«, verspricht der Professor. »Werden wir ernst! Hm, hm. Erlauben Sie zunächst einige erkennungsdienstliche Fragen: Wohin hat er denn Ihre arme Frau gebissen? In den Po vielleicht? Oder ins Ohrläppchen?«

»In den Hals, der Schurke! Mitten hinein in die Ader ...«

»Oh, là, là!, in den Hals also. Durchaus normales Verhalten, würde ich sagen. Und hat er denn, dieser gemeine Beißer, so kleine Löcher gebissen, zirka zwei Zentimeter?«

»Exakt! Woher wissen Sie das?«

»Tja, Beruf ist Beruf, dudeldei! Hat er das Blut in kleinen Schlückchen getrunken, so, gluck, gluck, gluck, oder mehr gierig, schwuuupp, alles auf einmal. Ex und hopp?«

»Eindeutig Letzteres!«

»Und seine Zähne, Herr Bürgermeister? Waren die kurz oder mehr lang ...«

»Riesig! Mit Blut befleckt, leuchteten ganz heimtückisch!«

»Tja, dann handelt es sich eindeutig und gewiss um ein Prachtexemplar der Sorte, Moment mal ...«

Polidori blätterte in seinem dicken Buch.

»... Tyrannus Saugus Ex!«

Dem Bürgermeister wird angst und bange.

»Tyrannus Saugus Ex!?«

»Jawohl. Stammt aus den südlichen Karpaten. Ist lichtscheu, äußerst giftig, und wen er einmal gebissen hat, lirum, larum Messerstiel, der wird noch in derselben Nacht zum Vampiel, äh, Vampir!«
Als der Bürgermeister das hört, packt ihn die Verzweiflung. Dringend will er wissen, wie er seiner angesaugten Gattin helfen kann.
»Normalerweise, dumdidum, durch einen präzisen Stich ins Herz ... Tack! Damit wenigstens ihre Seele Frieden findet.«
»Gibt es denn gar keine andere Möglichkeit???«
»Nun, es gibt eine Methode, Ihre Frau Gemahlin zu retten. Eine Methode, die allein ich, Prof. Paulus Polidori, erforscht und niedergeschrieben habe. In meinem Buch auf Seite achttausendzweihundertvierundneunzig. In dem Kapitel **Angesaugte Bürgermeisterfrauen**!«
»Aber ich besitze es nicht«, entschuldigt sich der Bügermeister.
»Wie schade, ich hatte es Ihnen letzte Woche angeboten. Ein besonders schönes Exemplar. Gebunden, handsigniert! Aber leider haben Sie es, trullala ...«

»Abgelehnt!«, jammert der Bürgermeister. Beteuert, dass dies eine Riesendummheit von ihm war, und bittet tausendmal um Verzeihung. Und er verspricht, dieses höchst bedeutende Werk sofort zu bestellen.

»Das ehrt mich«, fühlt sich unser Polidraculori geschmeichelt. »Ich möchte an dieser Stelle aber darauf hinweisen, dass Sie noch nie zu einem meiner einzigartigen Vorträge erschienen sind …«
»Auch dies wird sich augenblicklich ändern! Ich und der Gemeinderat werden ein Gesetz erlassen, das alle Einwohner unserer Stadt verpflichtet, ab sofort Ihre wundervollen Vorträge zu besuchen!«
»Und was ist mit dem Posten eines Vampirbeauftragten, für den Sie mich bisher nie berücksichtigen wollten?«
»Aber ich bitte Sie, Herr Professor! Gleich morgen werde ich Ihnen die Ernennungsurkunde überreichen!«
Polidori kann sein Glück nicht fassen.
»Zum echten und einzigen Vampirbeauftragten?«
»Mit Büro, Sekretärin, Dienstwagen und festem Gehalt!«
»Und was ist mit einer eigenen Vampirpolizei?«, fragt Polidori verschmitzt.
Und tatsächlich, der Bürgermeister stimmt auch diesmal zu.
»Mit einer eigenen Vampirpolizei!«
Das ist die Krönung!
»Heilige Fledermaus!«
Selbst die kleinen Vampire, bibbernd hinter den Fenstern versteckt, heulen auf.
»Polidori kriegt 'ne Vampirpolizei!«
»Mit Knoblauchpistolen.«
»Und angespitzten Holzpflöcken.«
»Echt 'n Hammer!«

»Stellt euch vor, die verfolgen uns ständig?«
»Schnüffeln ewig bei uns rum!«
»Woll'n uns aufspießen!«
»Tagsüber, wenn wir friedlich in unsern Särgen poofen.«
Olli bekommt bei diesem Gedanken eine Gänsehaut.
»Keine Angst, Nestor passt auf!«
»Wenn das mal kein' Zoff gibt ...«

Polidori las dem Bürgermeister all die lebensrettenden Tipps aus seinem Werk vor, genauer gesagt die Seite achttausendzweihundertvierundneunzig, wo stand, dass eine angesaugte Bürgermeistersgattin mindestens drei Tage Bettruhe benötigt, und zwar unter einem Kruzifix. In dieser Zeit keine feste Nahrung, aber täglich eine Flasche Rote-Beete-Saft. Außerdem müsse das Bett exakt so aufgestellt sein, dass es im rechten Winkel zum ersten Grabstein des städtischen Friedhofs stehe.

Nachdem er all dies vorgelesen und ausführlich erklärt hatte, stieg Polidori freudig erschöpft in seinen Sarg. Er hatte alles bekommen, was er wollte, und war darüber so glücklich, dass er lange nicht einschlafen konnte.
Erst früh am Morgen, als es zu dämmern begann und schon einige Sonnenstrahlen hinter den Hügeln hervorblitzten, gab er die ersten Schnarchgeräusche von sich.

Sehr zum Ärger der kleinen Vampire, die bis jetzt tapfer unter dem Fenster ausgeharrt hatten. Aber für sie war es jetzt eindeutig zu spät! Ohne Sonnenbrillen eine Zahn-Befreiungsaktion zu starten, wäre zu gefährlich!
So beschlossen sie zähneknirschend, sich auf den Rückweg zu machen. Natürlich nur, um nächste Nacht wiederzukommen!
Und um sich dann, ramba, zamba, zu holen, was ihnen gehörte!
Zum Abschied warf Fletscher einen Schneeball ans Fenster.
»So ein Lügenbeutel!«
»Falscher Fuffziger!«
»Will uns wohl linken, eh?«
»Wir kommen wieder, Polidori!«, zischte Gruftine.
Und auch die anderen fluchten.
»Tyrannus Klaurus Nix!«

Candlelight Dinner

Artschibald Oxford hatte inzwischen das Beste aus seiner zahnlosen Situation gemacht und sich, dem Rat des Grafen folgend, mit jenem bissigen Sargvorleger geschmückt! War zwar leicht zerfranst das Ding, roch auch noch ein bisschen ranzig – sah aber wild und männlich aus ...

Herzklopfend erwartete er seine Angebetete in der Lehrergruft.

Als die Ersehnte endlich eintrifft, ist er von ihrer Ausstrahlung so überwältigt, dass seine Augen vor Freude glänzen und er sie mit Komplimenten nur so überschüttet:

»Wie schön Schie schind! Und scho eine hübsche Frischur! Scho einen schönen Halsch ... Und scho ein schönesch Scheidenkleid ... allesch scho scharmant.«

Viktoria ist etwas irritiert, als sie ihn sieht. Findet seine Verkleidung äußerst gewöhnungsbedürftig und spricht nur in ausgesucht höflichem Ton.

»My dear Artschibald, ich muss ehrlich gestehen, you look very strange! Really surprising! Ich dachte, Sie sind ein Tiger, you know. A wild tiger, wie in der Anzeige hier!«

Sie holt den Zeitungsabschnitt aus ihrem Handtäschchen und hält ihn Oxford direkt unter die Nase.
»Hier steht's schwarz auf weiß, in black and white: Wilder Tiger, 150 Jahre jung, sucht, Pünktchen, Pünktchen ... Aber wie mir scheint, sind Sie ein very zahnloses Exemplar!«
»Dafür hab isch aber diesches schöne Werwolfschfell!«
»My devilness, a Werewolf's skin!«
»Schehr berühmtesch Fell!«
»Aber was ist mit Ihren Zähnen, my dear? Your teeth? Wo sind sie geblieben?«
Oxford versucht, ihr sein Missgeschick zu erklären. Erzählt von dem Diebstahl und dessen Folgen, und Viktoria, die erstaunt zuhört, findet das eine very sad, sad story!
»Diese Schüler! To be a teacher, scheint very heavy zu sein, isn't it?«
»Oh, yesch!«, seufzte Artschibald. »Schätsch right! But schometimesch schey are very friendly to me!«

So hätten ihm seine Schüler einen hervorragenden »Schaubertrank« mit Namen **Bloody Mary** gebraut.
Und tatsächlich, nachdem er und Viktoria ein Glas davon getrunken hatten, und dann noch eins, und dann noch ein ganz kleines hinterher, kam Leben in die Gruft. Die bleichen Wangen grünten sich, und die beiden begannen, sich gegenseitig aus ihrem Leben zu erzählen. Kindheit, erste Liebe, erster Biss – so verging die Zeit wie im Fluge. Sie redeten über romantische Dinge wie über die neuesten Friedhöfe, über Liebe, Kinder und Heirat, aber auch über ganz praktische Sachen wie Einkommen und Eigentumsgrüfte.
Schließlich machte Oxford den Vorschlag, ihr eine Gruft tiefer seine kleine Grabsteinsammlung zu zeigen.
Schon nach der dritten Platte geht sein Lehrer-Temperament mit ihm durch. Mit den Worten: »Isch hab Schie noch nisch geküscht und find, dassch dasch ein schwerer Fehler isch, der schofort korrigiert werden musch!«, fiel er ihr um den Hals.
Viktoria, die solches Draufgängertum normalerweise zu schätzen weiß, ist nicht so recht begeistert und befreit sich aus der stürmischen Umarmung.
»Stop it, Archie, stop it!«

Oxford ist enttäuscht. »Isch dachte, Schie liebn misch«, ruft er.
»I'm sorry«, versucht Vicki, ihn zu trösten. »Nicht, dass Sie misunderstand me. Sie sind ein netter Kerl und ich würde auch gerne sofort kleine Vampire mit Ihnen haben. Really! But verzeihen Sie mir, wenn ich es so direkt sage: Die ganze Sache ist mir too slabbery!«
»Schu schlabberisch?«
»Yes, ich hab das Gefühl, ich küss ins Leere. I like you, Archie. But ohne Zähne keine Hochzeit!«
»Scho I can have little hope?!«

Oxford versprach, sofort für ein neues Gebiss zu sparen. Und falls nötig, wieder Nachhilfestunden zu geben.
Mit dieser Aussicht beendete man diese romantische Nacht. Denn die ersten Sonnenstrahlen begannen bereits, sich in Viktorias zarten Teint zu brennen. Und das hieß: Schnell die Flügel ausbreiten – und ab ins schützende Verlies.

Pläne in der Gruft

Viktoria war kaum entschwirrt, da kam schon der kleine Zähne-Suchtrupp angestapft, um sich ebenfalls in die Heia zu schwingen. Aber zunächst erwartete sie ein Riesenanschiss von Nestor, unserem obersten Sargwächter und Hüter des Schlafsaales! Er schimpft wie ein Waldschrat: »Wo kommt ihr her, ihr Ausreißer?! Ist doch nicht zu fassen! Erst fremde Zähne verbummeln und dann bei aufgehender Sonne in der Walachei herumspaziern! Hättet zu Staub und Asche zerbröseln können. Jetzt aber ab in die Kiste!«

Nachdem Nestor sich brummelnd verzogen hat, schieben die kleinen Vampire leise wieder die Deckel von ihren Särgen und beratschlagen, wie sie Polidori auf die Pelle rücken können. Morgen Nacht wäre eine super Gelegenheit. Ist nämlich **Froher Leichnam**. Ein transsilvanischer Feiertag, an dem alle Vampire schulfrei haben.
»Aber wie kommen wir an ihn ran?«
»Am einfachsten durchs Fenster.«
»Wenn er tief schläft!«

»Dann schnappen wir uns die Beißer und nageln ihn in seinem Sarg ein.«
»Und schicken ihn per Post in die südlichen Karpaten!«
»Die Idee mit dem Fenster«, meint Zähnchen, »könn' wir vergessen. Ist alles mit Knoblauch vermint! Südfranzösische Spezialzehen. Und ich sage euch, die stinken wie hundert Paar alte Socken!«
Tinto ist das egal.

»Dann klemmen wir uns einfach Wäscheklammern an die Nase.«
»Und was ist mit den ganzen Kruzifixen an der Wand?«
»Das Beste wäre«, schlägt Gruftine vor, »wir jagen ihm einen Mordsschrecken ein. Und zwar so gruselvoll und abartig, dass er die Zähne freiwillig rausrückt!«
Alle finden den Vorschlag so Klasse, dass sie auf der Stelle zu jaulen beginnen.
»Ruhäää!«, hört man es aus Nestors geschlossenem Sarg brüllen.
Zähnchen ist noch unsicher.
»Und wenn er sie nicht freiwillig rausrückt?«, flüstert er. »Wenn er durchdreht und uns anfällt?«
»Dann holen wir Verstärkung!«, grinst Gruftine. Und zwar so breit, dass ihre Mundwinkel bis an die Ohren und zurück reichen.
»Wir fragen einfach die Schüler von den andern Schulen, ob sie mitmachen! Wir sagen ihnen, dass morgen Nacht bei Polidori 'ne Riesenparty steigt. Eine echte Gruselfete. Und zwar ohne Lehrer!«
»Ohne Lehrer.«
»Und es muss geheim bleiben!«
»O.K. Streng geheim.«

Es wurde beschlossen, morgen Abend bei Anbruch der Dunkelheit auszuschwirren und die Klassen der umliegenden Schulen zu benachrichtigen.
Gruftine übernahm die Organisation: »Fletscher fliegt zum Draculaneum. Tinto und Zähnchen zur Fürst-Finsternis-Gedächtnis-Schule. Olli zum Frankenstein-Gymnasium. Und Krümel zur kleinen Nachtschule im Monsterwald.«

Morgenstund hat Gebiss im Mund

Friedlich sieht der Tag aus am Morgen nach der Schlacht. Die Fenster der Stadt waren eiligst mit Knoblauch und Kruzifixen voll gehängt worden, im Schnee sah man noch die Blutstropfen. Trotzdem war es ein Sonnenaufgang wie im Bilderbuch. Ein Sonnenaufgang zum schönsten Tag im Leben des Professors Polidori, den dieser allerdings fast verpennt hätte!
Punkt zwölf Uhr mittags klingelte es an seiner Tür, aber der Tiefschnarchende hörte es kaum.

»Wer da?«, gähnt er total verschlafen. Doch dann erkennt er die Stimme des Bürgermeisters, der ihm höchstpersönlich die Ernennungsurkunde zum Vampirbeauftragten überreichen will.

Mit einem Riesensatz springt er aus dem Sarg und ruft: »Ich komme! Einen Augenblick!«

Im selben Moment ist von draußen ein Mordspaukenschlag zu hören, gefolgt von einem Tschingderassa-täterää. Polidori äugt neugierig aus dem Fenster. Und augenblicklich ist er ganz entzückt über dieses Ständchen!
Der Bürgermeister ist nämlich nicht allein gekommen, sondern hat sich mit Blaskapelle und großem Gefolge vor dem Haus versammelt. Der ganze Gemeinderat ist da, der Pfarrer, der Apotheker, der Männergesangverein, die Presse, das Fernsehen und natürlich die neu gegründete Vampirpolizei.
Polidori flitzt ins Bad, um sich schnell noch ein bisschen frisch zu machen. Hier ein Tröpfchen – da ein Tröpfchen, kurzer, prüfender Blick in den Spiegel – da reißt es ihn vor Entsetzen schier von den Beinen!

»Hilfe! Ein Vampir!«, schreit er und flüchtet unter das Waschbecken. So sehr hat ihn das blutrünstige Gesicht im Spiegel erschreckt! Moment mal! Das war ja **sein** Gesicht! Erst jetzt merkt Polidori, dass er das Furcht erregende Gebiss immer noch im Mund trägt.
»Fast hätt ich's vergessen – die Zähne!«

Er will sie herausnehmen, zieht einmal, zweimal, dreimal, aber hau ruck und verdammt noch mal!, er bekommt sie nicht ab. Komisch. Er zieht und zieht, aber sie bleiben wie angewurzelt in seinem Mund.

»Kann doch nicht sein! Ich muss die Dinger doch rauskriegen.«
Er fasst sie nochmals mit beiden Händen, rüttelt, was das Zeug hält, aber es wackelt nur leicht im Zahnfleisch. Er fleht sie an, endlich abzugehen. Bitte, bitte! Aber sie tun ihm diesen Gefallen nicht.
Die Blaskapelle spielt immer noch, und der Bürgermeister ruft:
»Herr Professor! Wo bleiben Sie denn ...?«

Die frierende und bibbernde Delegation staunte nicht schlecht, als endlich die Tür aufging und ein halb vermummter Polidori erschien. Das Gesicht von oben bis unten zugepflastert. Und in der Hand einen Block, auf den in großen Buchstaben geschrieben stand:

Lieber Bürgermeister, liebe Gemeinde!
Leider kann ich im Moment nicht sprechen.

Alle wollen wissen, warum.
Polidori blätterte eine Seite weiter.

Mein Kiefer ist verrenkt.

»Armer Professor! Wie ist das passiert?«

Beim Kampf mit dem Vampir!

»Oooooh!«, raunen alle.
»Beim Kampf mit dem Vampir!«

Ich habe mich auf ihn gestürzt!

»Wie heldenhaft! Er hat sich auf ihn gestürzt! Hoch lebe Polidori!«

Er entkam mir leider …

»Oooooh!«

… doch heute Nacht werde ich ihn finden …

»Bravo!«, rufen alle, und die Kapelle stimmt zusammen mit dem Kirchenchor ihr neustes Lied an:

Professor Polidori
ist unser größtes Glück,
er jagt den bösen Dracula
in sein Grab zurück.

Er ist der Mann, den uns der Himmel
rechtzeitig geschickt hat,
der Retter der Frau Bürgermeister
und unserer ganzen Stadt.

Als der Festakt vorüber war, zog die Versammlung zufrieden von dannen. Denn sie wusste ihr Schicksal jetzt in guten Händen. Hat dieser Polidori nicht Mumm bewiesen? Sich zum Wohle der Stadt auf einen Blutsauger gestürzt? Ein wahrhaft großer Mann! Den sie früher zu Unrecht verlacht hatten! Von solchen Menschen müsste es mehr geben auf der Welt!

Hnnng! Hnng!

Da stand er nun in seinem Zimmer, der Held. Hnnng! Hnng! Am Ziel seiner Träume – und doch so unglücklich. Denn die Zähne saßen immer noch fest.

Er nahm sich vor, noch kräftiger zu ziehen als vorher. So kräftig, wie er überhaupt nur konnte. Hnnng! Hnnnnng! Er fasste und packte und klammerte und zerrte. Hnnng! Hnnnng! Aber, oh Grausamkeit, was geschieht denn nun? Was soll denn dieses? Statt endlich abzugehen, wie es sich für vernünftige dritte Zähne gehört, wurden sie auf einmal noch länger!

In blinder Verzweiflung lief Polidori gegen die Wand, schlug sich einen Hammer auf den Kopf, sprang in die Badewanne, rannte zwanzigmal um seinen Schreibtisch.

Nur eine Hoffnung bleibt ihm noch: Vielleicht ist das alles gar nicht wahr? Vielleicht ist das ja alles nur ein Albtraum? Am besten, ich lege mich hin, schlafe ein Stündchen. Und wenn ich wieder aufwache, Pling!, ist der ganze Spuk vorbei!

Vor dem Fenster

Doch kaum ist Polidori eingeschlafen, weckt ihn ein Klopfen. Ein unheimliches Heulen von draußen, gefolgt von einem Windstoß, der das Fenster aufschlägt und gespenstisch den Vorhang zur Seite weht.
Mit einem Riesensatz springt er auf und ruft: »Ich komme! Einen Augenblick!«
Aber es ist nicht der Bürgermeister. Und auch keine Blaskapelle. Sondern ein riesiger Totenkopf, der höhnisch grinst und mit mehreren Stimmen zugleich spricht: »Polidori! Giiib zurück, was du gestooohlen hast! Gib es zuuurück! Sonst kommen wir dich hooolen!«
Und dann folgt ein so schrilles Werwolfgeheule, dass es dem Professor in seine rheumageschüttelten Knochen fährt.

Er packt seinen Sargdeckel und wirft ihn dem Horrorschädel vor den Latz, dass der auf die Fensterbank kracht und zerbricht. Doch an seiner Stelle erscheint jetzt ein anderer Kopf. Ein viel kleinerer zwar, dafür aber ein echt vampirischer: Fletscher persönlich!
»Grrrrrrrr«, faucht er und legt dabei sein teuflischstes Grinsen auf.
»Hähähihu!«
Und dann erscheinen sie einer nach dem anderen. Gruftine, Olli, Krümel, Tinto. Selbst Zähnchen wagt sich auf den Fenstersims. Sie fletschen die Zähne und schneiden die fiesesten Grimassen. Bewerfen ihn mit Spinnen und stinkender Friedhofserde. Und mit ihren tiefsten Geisterstimmen rufen sie abwechselnd im Chor:
»Rück die Zähne wieder raus!«
»Sonst saugen wir dein Blut mal aus!«
»Bis auf die Zeh!«
»Das tut weh!«
»Aaaauuuuuuuuuhh!«

Jetzt ist das Maß voll!
»Euch vampirischen Rotznasen werd ich's zeigen!«
Mit finsterem Leuchten in den Augen greift sich Polidori sein größtes Kruzifix, rennt zum Fenster und hält es diesen Blut saugenden Eindringlingen direkt unter ihre frechen Nasen.
Und weil sie als gute Vampirschüler gelernt haben, dass man in solchen Fällen lieber in sichere Deckung geht, suchen Fletscher, Gruftine und die anderen mit lautem Gebrüll das Weite.
Polidori glaubt schon, gewonnen zu haben: »Sechs kleine Vampire? Ha! Die schaff ich mit links!« Er beugt sich aus dem Fenster und schwingt dabei seine spitzesten Holzpflöcke.
»Euch erwische ich noch und dann ist's vorbei mit der Blutsaugerei!«
Aber kaum, dass er's gesagt hat, fährt er augenblicklich zusammen.
»Hilf mir der liebe Herrgott!«
Denn was er da plötzlich im kalten Licht des bleichen Mondes sieht, das hat er noch nie gesehen. Und was er hört, hat er noch nie gehört: hunderte von Vampiren! Die alle vor seinem Haus stehen. Und bei seinem Anblick in ein wildes Geheul ausbrechen. Eine wahre Sintflut von Vampiren. Eine ganze Heerschar von Blutsaugern, die ihn regelrecht eingekreist haben. Und dazu einen Lärm veranstalten, dass einem die Gänsehaut zu Berge steht! Die ihn jedes Mal wenn er am Fenster erscheint, mit gellenden Pfiffen und Buhrufen empfangen. Die kreischen und toben und am Ende eines jeden Geheuls ein unheimliches und beschwörendes »Uuuuuuh« jaulen.

Das war eine Show! Eine echte Vampir-Parade! Die erste große Vampir-Schüler-Demo in der Geschichte Transsilvaniens!

Flinte, Fledermäuse und Angst

Da hilft kein Knoblauch mehr, da muss die Flinte her! Polidori fackelt nicht lange, holt die längste Flinte aus dem Schrank und stopft sie bis oben hin mit alten Sargnägeln voll.
Doch ehe er anlegen und abdrücken kann, haben sich die versammelten Vampirklassen schon in Fledermäuse verwandelt, die wie eine riesige Wolke aufsteigen und lärmend sein Haus umflattern. So dunkel und unheilvoll, dass es selbst dem unerschrockenen Professor mulmig wird.
Er hebt seinen Schießprügel, aber da kommt Gruftine im Sturzflug so auf ihn zugeschossen und Tinto dreht einen Looping so direkt vor seiner Nase, dass er die Flinte vor Schreck gleich wieder fallen lässt.
»Verschwindet, ihr Blutsauger«, ruft er wütend, »verschwindet!« Die Geräusche der kreischenden Fledermäuse, die sich wie ein Karussell immer schneller um sein Haus drehen, rauben ihm den letzten Nerv. Mal klang es wie zwanzig Stürme, die heulen und stöhnen, mal wie klirrende Gebeine und schließlich so, als wollten die Toten in ihren Gräbern pfeifen.
Er verrammelte die Fenster, ließ die Läden herunter, kroch in den hintersten Winkel des Hausflurs und steckte sich in jedes Ohr eine Knoblauchzehe. Aber es nutzte nichts. Dieses Geschwirre und Gesumme und Gekreische drang durch alle Ritzen.
»Aufhören!«, jammerte er. »Aufhören!«

Der arme Polivampidori! Er konnte dies alles nicht mehr ertragen! In seiner Verzweiflung machte er den größten Fehler seines Lebens: Er rannte zum Telefon und rief die Vampirpolizei an …

Die Vampirpolizei

Blaulicht und Sirenen, Tatütata mit allem Drum und Dran. Die Nachricht hatte sich wie ein Lauffeuer verbreitet: »Bei Polidori sind Vampire! Habt ihr gehört? Nix wie hin! Jetzt geht's ihnen an den Kragen!«
Die Polizei trifft zuerst ein. Mit gezücktem Riesen-Holzpflock, Weihwasserflaschen und Knoblauchpistolen, Kaliber 20. Dann folgen die Feuerwehr, die Reporter, der Bürgermeister, der ganze Gemeinderat, der Apotheker, der Pfarrer und all die Schaulustigen, die in sicherem Abstand dabei sein wollen.
Doch als sie am Tatort ankommen, finden sie statt hundert blutrünstiger Vampire nur sechs harmlose Kids vor, die sich mitten in der Nacht hier herumzutreiben scheinen. Was etwas merkwürdig ist: Um diese Zeit – und ohne Eltern?
Aber im Moment bleibt keine Zeit, darüber nachzudenken. Schließlich ist Gefahr im Verzuge!
»Wo sind die Vampire?«, will jeder wissen. »Habt ihr Vampire gesehen?«
»Na klar!«, ruft Gruftine. »Mit sooooolchen Zähnen – und gaaaaanz viel Blut!«
»Ich auch!«, ruft Fletscher.

»Wir auch!«, rufen die andern.
»Er war soooo groß!«
»Mit Brille! Und Zylinder!«
»Und wollte uns aussaugen!«
»Und wo ist er jetzt?«, wollen die Vampirpolizisten wissen. »Wo hat er sich versteckt?«
»Da drinnen«, sagt Krümel und zeigt mit dem Finger auf Polidoris Haus.
Olli und Tinto zeigen in die gleiche Richtung.
»Da ist er reingegangen.«
»Ein ganz gefährlicher!«
»Tyrannus Klaurus Ex!«
Da geht ein Raunen durch die Menge.
»Unglaublich!«, ruft der Bürgermeister. »Im Hause unseres geliebten Professors!«
Er zählt bis drei, dann gibt er sofort Befehl, hauuuuu ruck!, die Tür einzurammen.

In der Falle

Mit einem Riesenanlauf und einem Mordsschwung bricht die Vampirpolizei durch die Tür, saust den ganzen Flur entlang und kommt erst am anderen Ende zum Stehen – direkt vor dem zähneklappernden Polidori!
Der ganz starr vor Schrecken ist und immer bleicher wird, als er den angespitzten Holzpfahl auf sich zukommen sieht.
»Ha-ha-haaaalt«, schreit er. »Das ist ein Irrtum. Ich bin nicht der Va-vampir, für den sie mi-mich halten!«
Und er zeigt mit zitternden Fingern auf Fletscher und Zähnchen.
»Da-da-das sind die Vampire!«
Alle Beteuerungen helfen ihm nichts, denn alle erkennen ihn wieder. Ja, das ist er! Dieses gemeine Blut saugende Gespenst, das die Frau Bürgermeister angesaugt hat! Und jetzt nicht einmal davor zurückschreckt, unschuldige Kinder zu verdächtigen!

Zähneklappern

Sie packen den jaulenden Vampir an allen vieren und legen ihn in seinen Sarg, um in aller Ruhe und höchst genau zustoßen zu können. Denn laut Professor Polidoris Buch, Seite dreitausendeinhundertzehn, muss man exakt das Herz treffen. Darf auf keinen Fall danebenhauen!

Der arme Vampir bekommt die Panik. Herzklopfen, Schweißausbrüche, Händezittern. Und als die Polizisten zur Tat schreiten wollen, fangen seine Zähne noch mehr zu klappern an. Wie bei minus fünfzig Grad. Klapper-di-klapp-rapper-dizapp!

»Wer will zuerst zustoßen?«

»Vielleicht sollten wir erst den Bürgermeister fragen, ob der will?«

Aber der Bürgermeister will nicht.

Der Herr Apotheker vielleicht?

Der will auch nicht.

Der Herr Pfarrer?

Nein, danke.

»Dann müssen wir es wohl selber machen«, sagt einer der Polizisten und holt zum Schlag aus.

Jetzt bekommt der Vampir die größte Klapperangst aller Zeiten.
»Ich bin, klapp, kein Klappir, ich bi-bin Professor Klappodori ...«
Sein Zähneklappern wird immer schlimmer! Zuerst hat es wie eine Klapperschlange geklungen, dann wie ein Klapperstorch, sich dann gesteigert in eine klappernde Mühle am klappernden Bach. Und jetzt, in höchster Not, scheppert es wie auf einer Techno-Party!
Klapper-dappa-dapp-dapp! Klack-lack-lack-lack!
Immer stärker. So stark, dass auf einmal ein kurzes Knirschen zu hören ist: Grrrrk! Ein Flupp, ein Flapp, ein hohles Plopp – und das gruselige Beißwerkzeug plötzlich, kling-bing-bong!, aus seinem Vampirmund herausfällt!
Mitten auf den Fußboden!

Wo es wie ein aufgezogener Blechfrosch weiterklappert, den Flur entlanghüpft, zur Tür hinaus und erst im Schnee friedlich liegen bleibt.

Da staunten alle Bauklötzer! Jetzt erkannten sie ihn wieder: Professor Polidori! Klein und ängstlich. Und überhaupt kein Furcht erregender Vampir mehr. Kein Monster und kein Ungetüm! Sondern ein kleiner ertappter Gauner. Sieh mal einer guck. Der angebliche große Retter der Stadt!
Der Pressefotograf stürzte sich als Erster auf ihn. Nicht etwa, um ihn zu verprügeln, wozu die anderen nicht wenig Lust hätten, sondern um Bilder für die Zeitung zu machen.
Denn das war **die** Schlagzeile:

POLIDORI ALS FALSCHER VAMPIR ENTLARVT!

Er knipste gleich den ganzen Film voll: ein Bild vom zerzausten Lügen-Professor, für die Titelseite! Dann ein Foto vom enttäuschten Bürgermeister, der wütend die Ernennungsurkunde zerreißt, und ein Foto von der Vampirpolizei, die stinksauer ihre Holzpflöcke verbrennt und die Knoblauchpistolen in den Müll wirft.
Fehlte nur noch ein Schnappschuss von dem Gebiss, das so viel Angst und Schrecken verbreitet hat. Aber wo ist es? Es scheint wie vom Erdboden verschwunden zu sein! Hat jemand die falschen Zähne gesehn? Alle suchen. Aber sie sind nicht mehr aufzufinden. Schade. Sicher sind sie in dem ganzen Tohuwabohu verloren gegangen ...

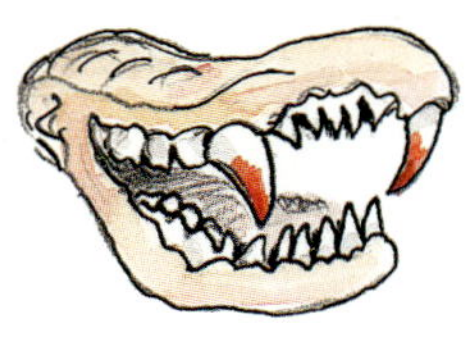

Heimkehr

Natürlich ist das Gebiss nicht verloren gegangen, sondern befindet sich in sicherem Gewahrsam.
Als hätte es gewusst, wo es hingehört, hatte es noch zweimal »klick-klack« gemacht und war dann direkt vor Zähnchens Füßen liegen geblieben.
»Hurra! Oxis Schähne sind wieder da!«
Die kleinen Vampire haben es sofort aufgehoben und fachmännisch begutachtet. Das schöne Werk von Dr. Schmirgel hat zwar etwas gelitten, wirkt verschmiert und hat eine gewaltige Knoblauchfahne! Aber mit ein bisschen Putzen und Polieren wird es wieder wie neu aussehen.

Bevor sich die kleinen Vampire aber zum Schloss aufmachten, wurde mit den versammelten Vampirklassen, die sich in Polidoris Kellergewölben versteckt hatten, noch kräftig auf den Sieg geheult!
We are the Champions! We are the Vampions, my friend!
Außerdem wurde ausgemacht, beim nächsten Vollmond wieder eine Riesenparty steigen zu lassen. Eine Mega-Open-Air-Gruftfete mit den berühmtesten Gruftbands aller Zeiten: den **Untoten Hosen** und der vampirischen Boygroup **Take Dead**.
»Aber ohne Lehrer!«
»Klar, ohne Lehrer!«
»Abgemacht.«

Happyend oder: Dasch gibscha nisch

Eine Nacht später.
Genau um null Uhr.
Die Unterrichtsglocke läutet zur ersten Stunde und, unglaublich, aber wahr, alle sitzen pünktlich in ihren Bänken. Selbst Krümel mit seinem ewig verklemmten Sargdeckel.
Kein Lärm zu hören. Kein Streit. Alles mucksmäuschenstill.
Zähnchens Brille ist heute überhaupt nicht schmutzig, glänzt doppelt so blank wie sonst und nicht ein Spinnweben umweht das Gestell.
Fletscher brüllt nicht, wirft keine Tische um und stürzt sich auch nicht mit wildem Geheul auf seine Klassenkameraden. Sitzt nur da und smeilt wie der nette Vampir von nebenan.
Gruftine steckt den Jungens keine Spinnen in die Hose. Wirft auch kein bisschen mit fetten Kröten durch die Gegend.
Und Olli, anstatt Fledermauskrallen auf den Lehrerstuhl zu streuen, wischt sogar die Tafel ab!
Nur Tinto muss einen kleinen Flugversuch machen. Aber ganz leise!
Kurz gesagt: Alle sind äußerst mustergültig drauf.

Ganz anders Artschibald Oxford, der heute zum ersten Mal zu spät kam. Und das auch noch ohne Hut und Zeigestock. Er wirkte irgendwie geknickt.

»Isch weisch nisch, wasch isch machen scholl«, schüttelte er den Kopf. »Isch bin scho scherschtreut. Allesch geht mir verloren, meine Schähne, meine Viktoria, mein gansches Glück ... isch glaube, dasch Schickschal isch gegen misch. Jeder bemopscht mich, keiner liebt misch!«

»Aber das ist nicht wahr!«, ruft Gruftine. »Wir mögen Sie! Echt!« Und auch die andern versuchen, ihren Oxi aufzumuntern.

»Und zwar sehr!«

»Auch wenn wir manchmal Scheiß bau'n!«

»Wir können Sie voll gut leiden!«

»Wir finden, dass Sie 'n obergeiler Lehrer sind!«

»Isch dasch wahr?«, fragt Oxford gerührt, und eine kleine Träne rollt über sein Gesicht.

»Na klar! Gucken Sie mal aus dem Fenster! Da können Sie was Cooles sehn.«

Oxford schaut aus dem Fenster über die verschneiten Wälder und den kleinen Friedhof. Und dann sieht er plötzlich den Schneemann und entdeckt etwas, was seinen Kummer augenblicklich in Freudentränen verwandelt.

»Dasch gibscha nisch!«

Er kann es kaum glauben.

»Meine **Schähne**! Meinen schönen Schähne! Da schind schie wieder...«

Der Schneemann hatte inzwischen nicht nur eine Schneefrau und ein paar kleine Schneekinder bekommen, sondern trug auch leuchtend rot sein viel geliebtes und heiß ersehntes Tigergebiss.

Oxford war überglücklich. Kaum hatte er es zurückgeholt, wieder in seinen Mund eingesetzt, passgenau und wackelfest, sich eingekaut

und warm gebissen, da erwachte sein alter Kampfesmut. Begann sein Vampirblut wieder zu fließen. Die alten Säfte und Liebeskräfte trieben ihn an mit aller Macht, und er kannte nur noch ein Ziel: Viktoriaaaaaah!

Er nahm Anlauf, quer über den ganzen Schulhof, breitete die Flügel aus, Nase in die Luft, Flügelklappen raus, und schwang sich, Sssssst!, in die Lüfte. Drehte noch eine Schraube und zwei Loopings und dann noch eine Schraube – und flatterte stolz davon.

Die ganze Klasse jubelte. Nicht nur über Oxfords neues Glück, auch über ihr eigenes: Der Unterricht war damit erst mal ausgefallen.

»Und woll'n wir wetten«, ruft Gruftine, »dass dies nicht die einzige schulfreie Nacht bleiben wird?«

»Wieso?«, fragt Zähnchen ganz doof. »Gibt's noch mehr davon?«
»Na klar! Eine, wenn gruftige Hochzeit ist, und die andere, wenn ...«
Jetzt muss sie so laut kichern, dass auch der Rest der Klasse weiß, was gemeint ist. »... wenn die Fledermaus kommt!«

PS

Was Professor Polidori oder Klapperdori, wie er inzwischen genannt wurde, betrifft, so kamen schwere Zeiten auf ihn zu. Zu all dem Schaden kam auch noch der Spott. Kein Mensch nahm ihn mehr ernst. Überall wurden schnellstens die Knoblauchzöpfe von den Fenstern entfernt und die Kruzifixe von der Wand genommen. Jeder war wütend und schämte sich, diesem Scharlatan aufgesessen zu sein.
Für die Vampire dagegen brachen die schönsten Zeiten an. Denn jedes Mal wenn irgendwo in der Stadt ein Mensch mit zwei kleinen Löchern an der Halsschlagader aufwachte und sich deren Herkunft nicht erklären konnte, dann hieß es immer: Der verrückte Professor hat wieder zugebissen! Und wenn sich Fletscher im kalten Licht des bleichen Mondes auf eine verirrte Spaziergängerin stürzte, hieß es hinterher: Der verrückte Professor war wieder unterwegs. Und wenn Gruftine und Tinto mit ihrem nächtlichen Werwolfsgeheul alle Einwohner weckten, war völlig klar: Polidori betet den Mond an. Irgendwann landete der Arme in einer Anstalt für verrückte Professoren, wo er Bücher schreiben, Tomaten durchbohren und Vorträge halten konnte, so viel er wollte ...

PPS

... und die Moral von der Geschicht:
Klau andern ihre Zähne nicht!

cbj ist der Kinder- und Jugendbuchverlag
in der Verlagsgruppe Random House

Umwelthinweis:
Dieses Buch wurde auf chlorfrei gebleichtem
Papier gedruckt.

Gesetzt nach den Regeln der Rechtschreibreform

1. Auflage 2006

Dieses Buch erschien erstmals 1998 beim Ravensburger Buchverlag.
Umschlagbild und Innenillustrationen: Jackie Niebisch
Lektorat: Martina Patzer
Umschlagkonzeption: Atelier Langenfass, Ismaning
MP · Herstellung: WM
Satz und Reproduktion: Lorenz & Zeller, Inning a. A.
Druck: TBB Banská Bystrica
ISBN-10: 3-570-13111-4
ISBN-13: 987-3-570-13111-4
Printed in the Slovak Republic

www.cbj-verlag.de

Jackie Niebisch

Die Schule der kleinen Vampire – Die Prüfung

96 Seiten, farbig illustriert, ISBN 3-570-12891-1

Olli kann kein Blut sehen. Höchst blamabel für einen Vampir, noch dazu, wenn man der Sohn des Direktors der Ganznachts-Schule ist. Während seine Mitvampire eifrig üben, sich in Fledermäuse zu verwandeln, hat Olli Panik vor der großen Prüfung: dem Vampitur. Ob eine Marmeladenkur helfen kann, Olli von seinem Trauma zu befreien?

Klaus Heilmann

Der kleine Teufel Angelino und die Engelsbande

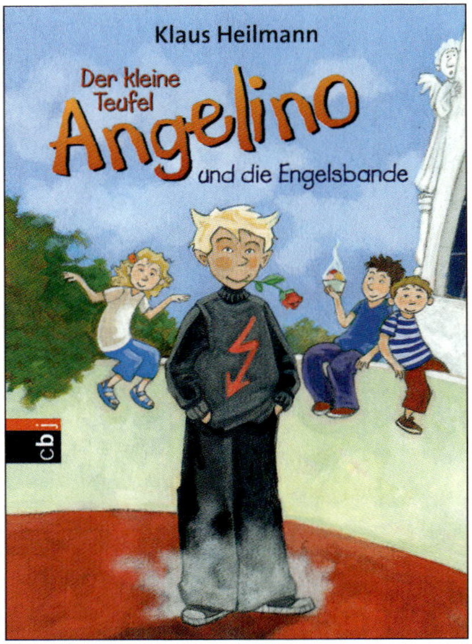

96 Seiten, farbig illustriert, ISBN 3-570-12877-6

Der kleine Teufel Angelino ist unglücklich: Der Höllenfürst Luzifer hat ihn aus der Hölle verbannt. Und so landen er und sein Hund Zerbi auf der Erde, ausgestoßen und aller teuflischen Zauberkräfte beraubt – fast aller. Hier lernt Angelino Basti und seine Freunde kennen und gemeinsam bestehen sie aufregende Abenteuer. Doch am Ende muss der kleine Teufel weiterziehen, neuen Abenteuern entgegen ...

7425

cbj

www.cbj-verlag.de